웃다가 배꼽 빠져도 책임 못질

유머
파티

웃다가 배꼽 빠져도 책임 못질

유머 파티

초판1쇄 인쇄   2005년 7월 1일
초판1쇄 발행   2005년 7월 5일

엮 은 이   유머 연구회
펴 낸 이   진성옥, 오광수
펴 낸 곳   도서출판 꿈과희망
출판등록   제 1-3077호
인   쇄   보령각

주   소   서울특별시 종로구 낙원동 58-1 종로 오피스텔 1415호
전   화   02)2681-2832
팩   스   02)943-0935
e-mail   jinsungok@empal.com

정가 7,000원
ISBN 89-90790-29-8   03810

웃다가 배꼽 빠져도 책임 못질

최신

유머
파티

유머 연구회 엮음

꿈과 희망

한바탕 신나게 웃어봅시다

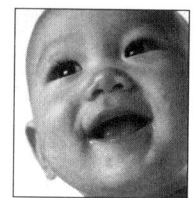

배가 아플 정도로 심하게 웃어본 적이 있습니까?

눈물이 나도록 웃어본 적이 있습니까?

눈가에 주름살 생길 정도로 웃어본 적이 있습니까?

요즘처럼 다이어트 열풍이 분 적도 없을 것입니다. 돈 안 들이고 쉽게 다이어트에 성공하는 방법이 있습니다.

바로 웃는 것입니다.

웃음은 우리 몸에 엔돌핀을 만들어줄 뿐아니라 우리 몸의 근육을 움직여 운동을 하게 합니다.

하지만 많은 사람들이 웃을 일도 없는데 어찌 웃느냐고 말할 것입니다. 학생들은 새벽부터 밤 늦게까지 공부하느라 시달리고 사회인들은 치열한 생존경쟁의 터전에서 일하느라고 웃을 일이 없다고 합니다. 사방에서 스트레스를 주는 것뿐이라고 합니다.

이 모든 것을 한방에 날려버릴 유일한 방법이 바로 웃는 것입니다. 아무리 잘 생기고 예쁜 사람이라도 웃지 않는 사람은 사람들이 가까이 다가가지 못합니다. 하지만 잘 웃는 사람은 외모에 상관없이 사람들과 인간관계도 좋고 하는 일도 쉽게 풀어나가곤 합니다.

사람들은 웃을 일이 없는데 어떻게 실없이 웃느냐고 하지만 조금만 눈을 돌려 보면 우리 주변에는 웃을 일이 아주 많습니다. 우리가 마음을 닫고 눈을 닫고 귀를 열지 않기 때문에 보이지 않고 들리지 않고 느껴지지 않는 것입니다.

이 책에는 우리 주변에서 일어나는 크고 작은 사연들 속에 담긴 웃음을 전달해 주는 웃음 메시지들이 담겨 있습니다. 학교에서 가정에서 나아가 사회에서 우리는 곳곳에서 웃음보따리를 풀고 신나게 눈물나도록 웃어야 합니다.

우리 몸과 마음은 이제 한 줄기 웃음을 갈구하고 있습니다. 여러분은 이 책에 실린 메시지를 통해 365일 매일 웃는 시간을 만들면 됩니다.

이제 한바탕 신나게 웃어봅시다.

분명 여러분은 새로운 인생을 살게 될 것입니다.

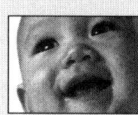
웃다가 배꼽

웃다가 배꼽

테마 넷

 않 웃으면 성격파탄자 되는
토탈(Total) 유머   127

도 쎅잉 못질 유머 파듸

둘이 웃다 셋이 쓰러지는
스쿨(School) 유머

톡톡 튀는 젊음과 개성의 집합장소
학교!
초등학생이든 대학생이든
학교는 또래 천국이고
365일 웃음이 피어나는 유머 1번지다
오늘은 또 어떤 유머가 학생들 사이에서
새롭게 탄생할까?

"지가 누군지 아십니껴?"

K가 다니고 있는 지방의 xx대학.

그 곳에는 성질 더럽기로 소문난 여교수가 한 분 계신데 그녀의 성격은 깐깐하다 못해 히스테리적이었다. 게다가 그 교수님 특이한 것 하나는 시험 시간을 엄격하게 준수하도록 학생들에게 첫 수업시간부터 입이 닳도록 말한다는 것이었다. 선후배들 사이에 알려질 대로 알려진 그녀의 별난 무기는 시험 종료를 알리는 벨소리와 함께 답안지를 제출하지 않으면 시험 점수는 무조건 0점 처리한다는 것.

어느덧 1학기 중간고사 시험시간이 되었다. 아니 이 어찌된 일인가. 교수가 그렇게 반복하여 시간 엄수를 강조했건만 한 학생이 시험 종료를 알리는 벨소리에도 아랑곳하지 않고 답안지를 계속 작성하는 것이었다. 10여분 시간이 흐르자 학생은 답안지를 제출하기 위해 교수에게 다가갔다. 성질 대단한 그 교수 가만히 있을 리가 없었다.

"자네 답안지는 제출할 필요가 없어. 자네는 무조건 0점이야. 알았어?"
라고 교수는 말했다

그러나 그 학생은 교수를 빤히 쳐다 보면서 이렇게 말했다.

"마 지가 누군지 아십니껴?"

"모르지. 하지만 자네가 대통령 아들이라고 해도 상관없어. 무조건 0점이야"

그랬더니 이번엔 학생이 언성을 높이며

"지가 누군지 정말 모르다는 말인겨?"

이렇게 대꾸를 하더라구요.

"그렇다네."

교수님도 화가 많이 난 목소리로 대답했다.

그러자 그 학생은 뭔가를 결심한 듯

"좋십니더."

하며 얼굴에 웃음을 띠는 것이었다. 그리고 쌓여 있는 답안지들 중간쯤에 자신의 답안지를 깊이 쑤셔 넣고는 쏜살같이 교실을 빠져 나갔단다.

아이들 세계

어느 날 선생님이 수업 중에 조지 워싱턴과 벚나무에 관한 일화를 말씀하셨다.

선생 : "여러분! 조지 워싱턴에 대해서 잘 알고 있죠. 조지 워싱턴이 아버지의 벚나무를 잘라버리는 실수를 저질렀어요. 그러나 조지 워싱턴은 그 사실을 숨기고 거짓말을 한 것이 아니라 그 사실을 아버지께 정직하게 바로 말씀드리기까지 했어요."

하니 : "선생님, 그 이야기라면 저희들도 여러 번 들어서 알고 있어요."

선생 : "하니! 그럼 워싱턴의 아버지께서는 어째서 워싱턴에게 벌을 주지 않았던 것인지 알고 있나요?"

하니 : "그건 조지가 그때까지 도끼를 그대로 들고 있었기 때문입니다."

명자야 미안

어느 날 밤 9시쯤 동네 헬스장에서 운동 끝내고 집에 들어오자마자 갑자기 전화벨이 울렸다.

따르르릉~

나 : 여보세요?

어떤 아줌마 : 거기 학원 아닌가요?

나 : 네, 아닌데요.

아줌마 : 딸깍. 뚜~~~뚜

잘못 걸려온 전화였다.

아니 이런! 통화 예절이 완전 파~잖아!

10초 후…

또 다시 요란하게 울리는 전화기.

따르르릉~

나 : 예~ 학원입니다. (크크크~~)

아줌마 : 네에~ 안녕하세요? 거기 명자라는 학생 있나요? 지금 아직 수업 안 끝났나요?

나 : 흠~. 가만있자. 잠시만 기다려 주십시오. 명자이라고 하셨죠? 명자학생이 안나왔는데요. 어머님 편찮으시다고 그랬던 것 같은데요.

아줌마: 예? 그~그럼. 딸깍. 뚜~~뚜

나는 역시 잔머리의 대가. － · － V

명자 양 정말 미안하게 됐네.

넌 집에 들어가면 엄마한테 죽었다. 크크크

6배로 커지는 것

생물학 시간이다. 수업을 진행하던 생물교사가 교실 중앙에 앉아 있던 한 여고생에게 질문을 했다.

"학생, 주위 환경의 변화에 따라 평상시보다 대략 여섯 배로 커지는 인체의 장기가 뭔지 알고 있나?"

그 여고생은 교사의 갑작스런 질문에 놀라 얼굴을 붉히긴 했지만 냉정을 되찾고 교수에게 따지듯 차가운 목소리로 답했다.

"선생님! 지금 하신 질문은 여학생에게 적합한 질문이 아니라고 생각됩니다. 저희 부모님께 선생님께서 하신 이 일에 대해 사실대로 알리겠습니다."

그 교사는 아무런 대꾸도 하지 않고 다른 여학생을 지목해서 종전과 같은 질문을 다시 했다.

지목을 받은 여학생은 일어나서 추호의 망설임도 없이 또박또박 대답했다.

"어두운 곳에 있을 때 눈의 동공입니다."

교사는 "잘 했어요." 하고는 처음 여학생에게 말했다.

"자네에게 지적해줄 것이 세 가지가 있어요. 첫째는 자네는 예습을 하지 않았다는 것, 둘째, 자네는 엉뚱한 상상을 했다는 것. 셋째는 자네가 언젠가는 지독한 실망을 하게 될 거라는 것. 그러니 자네 부모님께 내가 자네를 일러야겠군."

한 가지 재주

XX 고등학교. 기말고사가 끝나고 학기 성적이 발표됐다. 그런데 너무 형편없는 점수를 받은 어느 반 꼴찌에게 담임선생님께서 너는 상담이 필요하니 부모님을 학교에 모시고 오라고 했다. 그러자 그 소식을 들은 부모님은 걱정된 마음으로 학교로 가게 되었다.

학부모 : 안녕하세요 선생님? 제가 XXX 애비 되는 사람입니다.

선생님 : 안녕하십니까? 제가 XXX의 담임입니다. 제가 부모님을 학교로 모신 이유는 다름 아니라 XXX에 대해 부모님과 상의 드릴 것이 있어서 입니다.

학부모 : 네. 이 녀석이 공부도 못하고 잘 하는 게 하나도 없어서요. 걱정이 많이 됩니다. 제 아들놈 잘 부탁드립니다.

그랬더니 선생님께서는

선생님: 너무 걱정하지 마십시오. 누구에게나 한 가지 재주는 있

듯이 제가 옆에서 보아온 결과 댁의 아드님에게도 장점이 한 가지는 있는 것 같습니다.

학부모: 그렇단 말입니까? 그게 도대체 뭐죠?

선생님은 바로 학생의 성적표를 꺼내 보였다. 그리고는 말했다.

선생님: 성적 보이시죠. 이 정도의 성적을 받은 걸 보아서는 결코 컨닝 따위는 안했을 것 같은데요.

수리하러 왔는데요

정말 무지하게 더운 날, 더워서 짜증이 물밀 듯이 밀려오던 날, 어느 대학 강의실.

그날 따라 에어컨도 고장 난 강의실은 정말 찜통이었다. 그러니 교수님도 짜증나고 학생들도 짜증나고 모든 것에 온 신경이 곤두선 짜증나는 그런 날, 강의가 시작되고 한 30분쯤 지나서였다.

한 학생이 강의실 뒷문을 힘차게 열고 아무 일 없다는 듯이 들어왔다.

때 묻은 가방을 메고 방금 일어나서 나온 것 같이 땀을 삘삘 흘린 얼굴이었다.

그렇지 않아도 더워서 짜증이 날 대로 난 교수님은 정말 열 받은 거 같았다.

강의실에 있는 모든 학생들은 속으로 '된통 걸렸군', '저 친구 오늘 일진이 정말 안좋네.' 라고 생각했다.

교수 : (책상에다 책을 탕하고 치며) 이봐. 자네 지금 몇 시인 줄 아나. 여기가 누구나 맘대로 드나드는 시장 바닥인 줄 알아?

학생 : (별로 미안하지 않은 얼굴로) 저 차가 막혀서요.

교수님 : (진짜 열 받으신 것 같았다. 고등학교 같았음… ㅡ_ㅡ;;) 이봐, 도대체 자네 어제 저녁에 무슨 일을 했길래 지금 시간에 들어오냐구?

도대체 어제 저녁에 뭐했나?

학생 : 저 어제 친구들이랑 고스톱 치다가 술 먹고 잤는데요.

교수님 : (정말 열받으셨는지 말을 더듬더듬)
자아 네느은 도오데에체 머어하느은 인간이냐? 머하는 인간이
냐고?

그랬더니 학생이 하는 말…
학생 : 저 에어컨 수리하러 왔는데요!

언어의 부메랑

아이들을 우습게 여기고 빈정대기를 좋아하는 한 학원 강사가 있었다.

하루는 수업 도중에 또 빈정대기 시작했다.

"이 방 안에 혹시 멍청이가 있다면 일어나보세요."

라고 말했다.

아무도 일어나지 않았으나 한참 만에 새로 들어온 학원생 하나가 일어섰다.

그 모습을 보고

"헌데 자네는 어째서 자신을 멍청이라고 생각하는 거지?"

라고 강사는 조소를 머금으며 물었다.

"사실은 저 자신 스스로 멍청이라고 생각하지는 않습니다만, 강사님만 혼자 서 있는 게 안스러워서 일어났죠."

"먹긴 먹었단 말이에요."

초등학교 교실.

선생님께서 숙제 검사를 하고 있었다.

그런데 한 학생이 해온 숙제를 선생님께 보여주지 않는 것이었다.

　선생님 : "너 숙제 어디 있니?"

　학생 : "우리 집 개가 숙제를 먹어버렸어요."

　선생님 : "이 선생님이 그런 거짓말을 믿을 거라고 생각한 건 아니지?"

　학생 : "선생님! 정말이에요. 물론 제가 억지로 개 입에 쑤셔 넣긴 했지만 먹긴 먹었단 말이에요."

징그럽게 말 안 듣는 아이 엄마

집에서나 학교서나 말을 정말 징그럽게 안 듣는 아이가 있었다.

어느 날 학교에서 전체 학생을 대상으로 야영을 가게 되었다.

야영장에서 역시 이 아이는 천방지축으로 돌아다니면서 전체 분위기를 어수선하게 만들었다.

그러자 선생님은 그 아이의 어머니께 아들에게 체벌을 하겠다고 편지로 그 사실을 알렸다.

그랬더니 아이를 끔찍하게 생각하는 아이의 어머니께서 간곡하게 다음의 편지를 선생님께 다시 보냈다고 한다.

"제발 제 아들을 때리지는 마세요. 우리 아이는 무척 예민하거든요. 대신 옆에 있는 아이를 때리시면 저희 아이가 그걸 보고 충분히 겁을 먹고 반성할 거예요."

성병과 성인병

T가 학교 가기 위해 매일 타고 가는 버스에는 xx 병원을 지나갈 때 병원광고가 나온다.

'사랑과 봉사를 어쩌고 저쩌고.'

어느 날 T가 버스를 타고 학교로 가고 있는데 버스 안에서 친한 선배를 만났다. 평소와 다름없이 버스를 타고 그 병원 앞을 지나고 있었다.

그때 또 광고가 나왔다. 그런데 광고를 듣고 있던 선배가 갑자기 T를 툭 쳤다.

T : "아야. 선배, 갑자기 왜 때리세요?"

선배 : "야, 너도 들었지. 방금 성병 검사 공짜로 해 준다 안카나?"

성병 무료 검사?????

T : "맨날 버스 타고 다녀도 그런 소린 들어본 적 없는 거 같은데요?"

선배 : "아이다. 맞다! 내가 들었다!

T : "에이~ 설마요. 지금 그게 말이 돼요?"

선배 : "그럼 우리 내기할까?"

T : "무슨 내기 할까요? 밥?"

선배 : "그래. 점심 사기 됐제?"

T : "예. 알았어요."

정말 쪽팔림을 무릅 쓰고 선배와 T는 함께 병원으로 갔다.

빈곤한 살림에 저는 밥 한 끼 해결할 수 있다는 생각에 꼭 내기에서 이겨야 했거든요.

선배 : "야. 쪽팔린다. 니가 가서 물어봐라."

T : "왜 저한테 그러세요! (저도 쪽팔린단 말입니다.)"

선배 : "그럼 이 선배가 갈까?"

할 수 있습니까. 학번이 깡패라고 결국 T가 갈 수밖에는 없었다.

주위를 살피면 병원 카운터로 잽싸게 갔다.

간호사 : "예. 어떻게 오셨어요?"

나 : "저~저기요."

간호사 : "예. 말씀 하세요."

나 : "저~저기요." (쪽팔려서 도저히 말 못하겠습니다.)

간호사가 이상한 눈으로 한 번 더 저를 보더니.

간호사 : "예. 말씀하세요?"

나 : "버~버스타고 가다가 드~들었는데요. 서~성병 무료검사를 해준~다고 하던데.

갑자기 간호사가 열라 웃는 게 아닌가. 앞에 서 있는 T는 신경도 안 쓰는지….

전 민망해서 얼굴이 빨개졌다.

웃다가 정신이 혼미해진 간호사가 정신을 수습하더니 T에게 가까이 다가오며 귀에 대고 속삭였다.

"그거, 성병이 아니라 성인병인데요."

웃는 사람은 실제적으로 웃지 않는 사람보다 더 오래 산다.
건강은 실제로 웃음의 양에 달렸다는 것을 아는 사람은 거의 없다.
— 제임스 월쉬 —

모범생의 영어

영어박사로 통할 만큼 영어 실력이 뛰어난 여고생이 있었다. 그 여고생은 공부도 잘했지만 선생님들이 하는 말은 설령 틀린 말일지라도 철저하게 믿고 따르는 모범생이었지. 물론 영어시험을 치르면 늘 100점이었다. 때문에 영어박사로 통했다.

그런데 한번은 이변이 일어났다.

중간고사에서 영어가 95점이었다. 영작에서 한 문제를 틀린 것이었다.

그 문제는 다름 아닌 '삶은 계란'을 영어로 쓰라는 문제였는데 그만 틀리고 만 것이다.

여고생의 어머니는 열이 받을 대로 받아 딸을 불러 세워놓고 다그쳤다.

"대체 무슨 생각으로 이 문제를 틀린 거야. 누워서 밥먹기잖아."

그러자 여고생은 이렇게 말했다.

"지난번에 국어 선생님이 그랬단 말이야. '삶이란 계란과 같아야 한다. 매사에 너무 모나지 말고 그저 둥글둥글하게 살아가는 것이 곧 삶이란다'고 말했단 말이야 "

그러니 그 여고생은 답을 이렇게 쓴 것이다.

Life is egg.

아인슈타인의 운전기사

아인슈타인 모르는 사람은 없었지. 글쎄 아인슈타인이 운전사가 딸린 차를 타고 대학교를 돌아다니면서 상대성이론을 강의할 때 일이래.

하루는 강의를 위해서 한 대학으로 가는 길이었는데 운전사가 아인슈타인에게 한 마디 했다는 거야.

"아인슈타인 박사님, 저는 매일 박사님을 쫓아다니면서 강의를 듣다보니 어찌나 많이 들었는지 전부 외우게 되어서 강의 해보라고 하면 박사님만큼 강의를 해낼 자신이 있습니다."

그랬더니 아인슈타인이

"그렇다면 어디 강의 한번 해보지 그러나. 지금 가는 대학에서는 내 얼굴을 잘 모르니까 거기 도착하면 내가 자네 모자를 쓰고 운전사가 되어줌세. 한번 자네가 내 이름을 대고 강의를 해보게나."

그 운전사는 자신이 말한 대로 정말 흠잡을 데 없이 강의를 훌륭
히 해냈다.

그런데 강의가 끝나고 강의를 듣고 있던 그 대학의 교수 한 사람이 까다로운 질문을 해왔다.

운전사는 당황하지 않고 얼른 머리를 굴렸다. 그리곤 여유롭게 웃으면서 이렇게 말했다.

"그 질문의 답은 아주 간단한 것이므로 저의 운전기사더러 나와서 설명해드리도록 하겠습니다."

나는 웃음의 능력을 보아왔다.
웃음은 거의 참을 수 없는 슬픔을 참을 수 있는 어떤 것으로,
더 나아가 희망적인 것으로 바꾸어 줄 수 있다.
— 밥 호프 —

마미도 뒷감당 못하는
파파(PaPa) 유머

가장으로서

남편으로서

아빠로서

우리 시대 아빠들은 해야 할 일도 많고 챙겨야 할 사람도 많다.

퇴근길 소주 한잔으로 삶의 무게를 털어버리는

아빠들, 유머로 힘 한번 나게 해볼까요.

100점 남편 빵점 남편

어느 날 빵점 남편으로 소문난 50대 중반의 한 남자와 그의 부인이 TV를 보고 있었어.

그런데 마침 아침 방송에 아내에게 너무도 잘 하는 100점짜리 남편으로 유명한 한 남자와 부인이 출연하는 프로그램을 하고 있는 거야.

그 방송을 보고 있던 부인이 가만히 있을 리가 있겠어. 남편에게 잔소리를 하기 시작했어.

"저 여자는 얼마나 좋을까. 당신도 저 남자까지는 아니어도 절반만이라도 해봐요."

그러자 남편이 듣기 싫은 듯 말했어.

"뭐 저딴 걸 보고 있어. 좋은 말로 할 때 딴 데로 돌려라! "

하는 수 없이 부인은 다른 채널로 돌리려고 리모콘을 들었어. 그런데 갑자기 무슨 생각이 했는지 남편이 "가만!" 하고 소리를 치더니 VTR로 녹화를 하기 시작하는 거야.

부인은 의아하다는 표정을 지으며 말했어.

"어이구, 웬일이래 당신이? 이제 철 들려나 보네. 녹화해서 두고

두고 저 남자 보고 100점짜리 남편 한번 되어 보실려구? 어머 기특도 하셔라."

그러자 남편이 이상한 눈으로 부인을 보면서 이렇게 말하는거야.

"무슨 소리하는 거야, 우리 사위한테 보내려는 건데."

불쌍한 남자

슬픔에 빠진 한 남자가 있었다. 그는 최근에 와서 아내가 자신이 물어보는 말에 제대로 대답을 안한다는 것을 깨달은 것이다.

그는 속으로 이렇게 후회했다.

나 같은 못난 사람 만나 평생 동안 고생만 하고, 힘겨운 가정 살림 꾸려가면서 억척스러워진 아내. 이제 나이가 들면서 오는 건 가는 귀 먹는 일뿐이던가!

하여튼, 그는 아내가 병원에 가서 전문의와 먼저 상담하고 나서 어떻게 현재의 문제에 접근할 것인가 결정하기로 했다. 그래서 병원에 가지 않겠다는 아내를 이끌고 병원에 갔다. 전문의는 일단 아내의 청력을 검사하고 난 후에야 처방을 할 수 있다고 하면서 우선 집에 가서 아내가 어느 정도의 거리에서부터 소리를 알아듣지 못하는지 시험을 먼저 해보라고 했다.

그래서 그는 아파트 현관문으로 들어오면서부터 저녁을 준비하고 있는 아내를 시험해보기로 했다..

(현관)

남편 : 여보! 오늘 저녁은 뭐야?
아내 : …

아내가 내심 걱정되었지만 현관에서 부엌까지는 아무래도 너무 멀다는 생각을 하면서 스스로 위로를 했다.. 그래서 응접실 입구에서 다시 한 번 시험해 보기로 했다.

(응접실 입구)

남편 : 여보! 오늘 저녁은 뭐야?
아내 : …

이 남자 속으로 덜컥 겁이 났다. 하지만 부엌까지 거리가 아직도 조금은 멀다고 생각하면서 부엌으로 들어가면서 다시 한 번 시험하기로 했다.

(부엌 입구)

남편 : 여보! 오늘 저녁 뭐야?

아내 : …

이쯤되고나니 그는 속으로 아내의 증상에 절망했다. 이젠 아내가 걱정되거나 겁이 나는 게 아니고 아내에게 한 없는 미안함과 안스러운 연민의 정을 느낀것이다.

이 모든 것이 전부 자신의 잘못으로만 느껴졌다. 아내의 귀가 이렇게 심각한 상태가 될 때까지 그 사실을 알지 못한 자신이 원망스러웠다. 그래서 천천히 아주 천천히 아내 곁으로 다가가 아내의 등을 살며시 안으며 다정한 목소리로 다시 한 번 같은 질문을 되풀이했습니다.

남편 : 여보! 오늘 저녁은 뭐야?

그 때 아내가 갑자기 고개를 확 돌리며 이렇게 말하는 것이었습니다.

아내 : 아니, 도대체 내가 오늘은 칼국수라고 몇 번 말해야 알아듣겠어요! 도대체 몇 번을!

영부인의 필체

어느 곳에 자리하고 있는지도 모르는 아주 작은 나라의 대통령이 아침에 기분좋게 일어나 창 밖을 내다 봤다.

지난 밤 흰 눈이 내렸는지 정원은 온통 흰 눈으로 덮여 있었다. 그것을 본 대통령은 참 아름다운 광경이라고 생각했다.

그런데 왠지 뭔가 이상해 보여 좀더 자세히 살펴보았더니 글쎄 흰 눈 위에 누군가 오줌으로 이런 글을 갈겨 써 놓은 거야.

"나는 너의 탄핵을 원한다!"

화가 머리 끝까지 치밀어오른 이 대통령은 보좌관을 불러 즉시 사건 조사를 진행하도록 명령을 했고.

며칠 후 지시를 받은 조사 담당자가 대통령을 찾아왔어.

"대통령 각하! 소변의 DNA 분석결과와 필적 감정을 통해 범인을 알아냈습니다."

대통령은 곧 범인을 알게 된다는 생각에 마냥 기뻤어.
"그래? 도대체 범인이 누구란 말이요?"

"네, DNA 분석 결과 범인은 부통령으로 밝혀졌습니다!"

대통령은 뒤통수를 얻어맞은 것처럼 머리가 무거웠다.

"이런, 어찌 이럴 수가 있나? 나의 절친한 친구가 나를 배신하다니… 가만두지 않겠네. 참! 필체 분석도 했다고 하지 않았나?"

순간 조사 담당자의 눈빛이 빛나면서 의미심장한 미소를 지으며 보고를 계속했다.

"그게 그런데 오줌으로 쓴 글의 필체를 분석한 결과 영부인의 것이었습니다!"

빨리 옷 벗어

유난히도 추운 어느 겨울날 화가의 작업실.

누드모델 아가씨가 실오라기 하나 걸치지 않고 자세를 취하고 있기에는 너무 많이 춥다고 불평을 해대고 있었다.

그러자 화가도 오늘 날씨가 무척 춥다는 것을 알고 있기에 이렇게 말하는 것이었다.

"그렇겠군. 날씨도 춥고 오늘따라 그림 그리고 싶은 생각이 없는데, 우리 차나 한 잔 마시면서 이야기나 나눌까?"

그래서 모델은 가운을 걸치고 와 화가 옆 소파에 앉아 차를 마시면서 화가와 이런 저런 이야기를 나누고 있을 때였다.

갑자기 누군가 요란하게 문을 두드리는 거였다.

갑자기 화가가 얼굴이 상기되면서 말했다.

"이것 봐. 빨리 옷 벗어. 우리 마누란, 내가 농땡이 피우는 걸 보면 가만히 두지 않을 거야."

갈데 없으니까

한 부부가 있었다. 그런데 남편은 매일 새벽 3시가 넘어서야 겨우 집에 들어오는 거였다. 그 모습을 보다 못한 아내가 남편에게 바

가지를 긁기 시작했다. 남편은 아내가 아무리 화를 내고, 앙탈을 부려봐도 아무 대답도 안하는 것이었다.

이에 더 화가 머리끝까지 난 아내가 소리쳤다.

"당신 정말 너무 하는 거 아니에요? 왜 매일 3시가 넘어서야 꾸역꾸역 집에 기어 들어오는 거예요?"

그러자 묵묵히 아내의 말을 듣고 있던 남편이 귀찮다는 듯 말을 했다.

"지금 이 시간에 문 여는 데는 이 집밖에 없어서 들어온다. 왜!"

거기 있다가 똥 뒤집어쓰겠다

남자와 여자가 서로 사랑을 하고 있었다.

그러던 어느 날 저녁 남자는 여자의 집에 처음으로 초대를 받아 서 가게 되었다.

아침부터 때 빼고 광 내고 정말 열심히 준비를 했다.

그런데 너무 긴장한 탓인지 점심에 먹은 식사가 소화가 안돼 속 이 안 좋았다. 계속 방귀가 나오고 설사도 계속 되었던 것이다.

하지만 이렇다고 약속을 미루거나 안갈 수 없는 거 아닌가. 시간 은 흘러 약속시간이 되었고 커다란 꽃다발을 들고 여자의 집으로 갔다.

다행이도 그 녀의 부모님은 친절하게 남자를 맞아주셨고 함께 저녁 식사를 하게 되었다.

가족 모두 식탁에 둘러 앉아서 함께 저녁식사를 하는데.

그만 방귀를 뀌고 말았다. 다행이도 소리는 작았고 냄새도 없었 다.

남자는 못 들으셨으면 좋겠다고 속으로 생각했다.

그때 갑자기 그 녀의 아버지가 식탁 밑을 보시며 남자의 다리 밑
에 앉아 있는 개에게

"해피야, 저리가"라고

조용히 말씀하시는 것이 아닌가?

남자는 자신의 다리 밑에 있는 개 때문에 자신이 불편할까 봐 신

경 써주시는 것 같아 혼자 아버지의 행동에 깊은 감명을 받았다.

그런데 잠시 후 또 실수를 했다.

이번에는 크게 가죽소파가 찢어지는 소리를 내고 말았다.

이번에도 그녀의 아버지는 내색하지도 않으시고 그냥 식탁 밑의 개에게

"해피야 저리 가라니까 "

조금 큰소리로 말씀만 하셨다.

다시 한 번 그 남자는 감동을 받았다.

그러나 또 실수를 해버린 청년.

이번엔 거의 화장실을 방불케 하는 소리를 내고 말았다.

그랬더니 갑자기 그녀의 아버지께서 벌떡 일어나셔서 개를 보고 크게 소리를 지르셨다.

"야 해피야 저리로 가란 말이다! 거기 있다가 똥 뒤집어쓰겠다!"

아내의 전 남편

베트남 전쟁 후 고엽제 사용으로 인한 후유증으로 고생하는 많은 사람들이 정부를 상대로 보상에 관한 협의가 진행되고 있는 때였다.

어느 한 남자가 자신도 베트남 전쟁 때문에 인생을 망쳤다고 정부를 상대로 보상을 받겠다고 나섰다.

정부관계자 : 베트남 전쟁이 당신의 인생을 망쳐놓았다고 하셨나요? 그런데 조사해 보니 댁은 군대를 갔다 온 내용이 없던데요?

그 남자 : 그건 맞습니다. 그렇지만 제 아내의 전 남편이 베트남 전쟁에서 전사했거든요.

책에 미친 남편

독서를 무지 좋아하는 남자와 사는 여자가 있었다. 그 여자는 남편이 책만 보며 시간을 보내는 것이 못내 아쉬웠던지 남편에게 푸념을 늘어놓기 시작했다.

"여보, 제발 책 좀 그만 보시고 간혹 저랑 이야기 좀 할 수 없어요? 당신 주위를 둘러봐요. 온통 책뿐이잖아요. 그리고 머리는 책 생각으로 가득 차 있고 그러니 제가 당신 옆에 있다는 사실조차 잊고 있는 거 아니냐고요."

남편은 아내의 말을 듣고 고개를 숙이며

"여보! 정말 미안해."

아내는 이때다 싶어 계속 다그쳤다.

"당신을 보고 있으면 간혹 제가 책이었으면 싶을 때가 있어요. 그러면 당신이 나를 봐주기는 할 것 아니겠어요."

남편은 아내의 말을 듣고 깊이 생각에 잠겨 혼자 중얼거렸다.

"음 그거 참 좋은 생각이군, 그럼 내가 매일 당신을 도서관으로
데리고 가서 더 재미있는 것과 바꿀 수도 있고."

남의 아들

한 사우나 라커룸.

모두들 옷을 갈아입느라 정신이 없는데 한 휴대전화가 울렸다.
옆에 있던 한 아저씨가 자연스럽게 전화를 받았다.

휴대전화 성능이 워낙 좋아서 옆에 있어도 상대편 목소리가 쩌렁쩌렁 울려 통화 내용을 모두 다 들을 수 있었다.

전화기 : "아빠, 저 MP3 사도 돼요?"

아저씨 : "어, 그래라."

전화기 : "아빠, 저 또 살 거 있는데요. 새로 나온 휴대전화가 너무 이뻐요. 그것도 사도 돼요?

아저씨: "그럼."

전화기 : "아빠, 아빠, 하나 더 저 컴퓨터 바꿔도 돼요?"

옆에서 듣기에도 컴퓨터까지는 무리라고 생각했는데,

아저씨 : "그래. 너 사고 싶은 거 다 사."

그렇게 모든 부탁을 다 들어주고 휴대전화를 끊은 아저씨는 갑자기 주위를 두리번거리며 외쳤다.

"이 휴대전화 주인 누구죠, 휴대전화 주인 없어요?"

거짓말의 완벽성

한 남자가 친구 부부와의 함께한 자리에서 자신의 아내에게 크리스마스 선물로 커다랗고 예쁜 다이아몬드 반지를 주었다.

식사를 마치고 두 부인이 화장실을 간 사이에 그의 옆에 있던 친구가 말했다.

"자네 부인, 크리스마스 선물로 지프차를 원했었잖아?"

"그랬지."

"그런데 왜 다이아몬드 반지를 사준거야?"

"자네도 한번 생각해 보게. 어디 가서 가짜 지프차를 구하겠나?"

웃음은 전염된다. 웃음은 감염된다.
이 둘은 당신의 건강에 좋다.
— 윌리엄 프라이 —

치킨 父子

아들 병아리가 꾸벅꾸벅 졸고 있는 아빠 닭에게 가서 질문을 했어요.

병아리 : 아빠, 벼슬은 왜 있는 거예요?

아빠 닭 : 우리를 공격하려고 하는 적에게 위엄을 과시하기 위해서지~!

병아리 : 그리고 주둥이는 왜 이렇게 생겼어요?

아빠 닭 : 그건 적을 무자비하게 혼내주기 위해서지!

병아리 : 그럼 왜 목소리는 큰거죠?

아빠 닭 : 먼저 적의 기선을 제압하기 위해서지!

아빠의 답을 들은 병아리가 한참 생각에 하더니 말했다.

병아리 : 그런데, 아빠?

아빠 닭 : 왜, 아가야?

병아리 : 그런데 지금 우린 닭장 안에서 뭐해요?

아빠 닭 : .... (침묵)

다행스런 일

어떤 음악가가 죽음을 앞두고 자신의 가족과 그의 지인인들 모아놓고 유언을 했다.

'내가 죽거든 나와 평생을 같이 한 나의 플룻을 함께 묻어 주시요.'

그가 죽으면서 하도 간곡하게 부탁했기 때문에 가족들은 플룻을 그와 함께 묻어 주었다.

장례를 치르고 난 얼마 후 평소 친하게 지내던 한 친구가 찾아와 그 미망인에게 물었다.

"플룻을 묻어달라고 한 것에 대해 어떻게 생각하세요?"

그랬더니 미망인이 이렇게 말했다.

"그이가 생전에 피아노를 연주하지 않은 것이 참으로 다행스런 일이란 생각이 들었지 뭐야요."

여행의 동반자(?)

한 항공사가 특별 행사를 실시했다. 그 행사 내용은 남편들이 사업상 여행을 떠날 때 같이 동행하는 부인들을 위해서 특별하게 반액요금만을 받는 행사였다. 그 항공사는 이 행사를 통해서 많은 수익을 얻었고 이에 감사하는 맘으로 홍보실 통해 이번 특별행사를 참여 했던 50명의 부인들에게 여행 소감을 묻는 편지를 보냈다.

그런데 항공사의 편지에 한결같이 돌아온 50통의 답장들은 이러했다 한다.

"무슨 여행이었는데요?"

사내들이 모두 늑대라면…

늑대는 평생 한 마리의 암컷과 사랑을 나눈다.

늑대는 암컷과 새끼를 위해 자기의 목숨까지 바쳐가며 싸우는 유일한 포유류이다.

늑대는 사냥을 해 오면 암컷과 새끼에게 먼저 음식을 양보한다.

늑대는 사냥할 때 제일 약한 상대를 고르는 것이 아닌 제일 강한 상대를 선택하여 사냥한다.

늑대는 독립한 후에도 종종 부모를 찾아가 돌본다.

늑대는 인간이 먼저 그들을 괴롭혀도 인간을 먼저 공격하지 않는다.

늑대와 남자와는 엄연히 다르다.

남자를 늑대 같다고 칭찬하지 말라.

남자들이 늑대만큼만 산다면 이 세상의 여자는 울 일이 없을 것이다.

30년 전

거의 30년 전 한 마을 사교계에 처음으로 등장해서 으뜸가는 미인 중 한 명으로 손꼽혔던 사교계 여류명사가 하루는 오래 전에 자신의 초상화를 그려준 화가를 다시 불러 다시 현재 자신의 초상화를 그려달라고 부탁했다.

그런데 이 번 그린 그림은 마음에 들지 않았다.

"참 알 수 없는 일이네요."
라며 여자는 불평을 했다.

"첫 초상화에서는 저의 아름다움이 두루 돋보이게 해주시더니…"

그러나 그 화가는 사교적인 재치가 몸에 밴 사람이었다.

"하지만 그건 제가 근 30년 전 젊었을 적 솜씨를 발휘했던 작품이었다는 걸 아셔야죠."

에덴동산의 일화

태초에 하느님이 아담과 이브를 만들었다.

인류의 조상인 아담과 이브가 편안하게 안식을 취하면서 에덴동산을 거닐고 있었다.

그런데 갑자기 이브가 멈춰 서서 아담을 보고 이렇게 물었다.

"아담, 절 사랑하세요?"

라고 묻자 아담은 무관심한 듯 이브를 쳐다보면서 대답했다.

"니 말고 그럼 누가 또 있나?"

뒤통수의 주인은(?)

저희 아빠는 항상 긴 소파에 누워서 TV를 보십니다.

디근자로 되어 있는 우리 집 소파 가운데 긴 쪽에 아빠가 누워계시고.

그 양옆에 저와 동생이 앉고.

보통 엄만 소파에 잘 앉지 않으시고요.

주로 거실 바닥에 앉으십니다.

근데, 문제는 저희 엄마께서 고의는 아니지만 자주 TV를 보시는 아빠의 시선을 가리는 겁니다.

그럴 때면 항상 저희 아빠는 이렇게 말씀하시죠.

"거 이봐~ 돌 좀 치우지."

그럼 우리 엄마는

"이건 슈퍼컴퓨터야 왜 이러셔."

라고 그냥 웃으시며 비켜주시곤 하셨죠.

그러던 어느 날 아주 아주 중요한 국가대표 축구 경기가 있던 날 거실 소파에 온 가족이 앉아서 TV를 보고 있었죠.

물론 아빠는 그날도 변함없이 소파에 누워계셨고

엄마는 축구에 별 관심이 없으셔서 안방에 들어가서 기도를 하고 계셨습니다.

그런데 한참 재밌게 경기를 지켜보고 있던 중(위성 생중계로 기억됩니다.)

현지 생중계 카메라 앞에 어떤 놈이 뒤통수 들이 밀어놓고 치우질 않는 겁니다.

TV화면에는 뒤통수만 나오고 경기를 하는 모습은 몇 십초 동안 볼 수 없었죠.

아주 중요한 장면이 있었는데 못보고 말았던 것이죠.

너무너무 짜증이 나서 동생이랑 저는

"아이~ 저거 뭐야?" 해 가면서 답답해하고 있었는데. 아버지는 그냥 누워서 아무 말도 안하셨죠.

조금 후.

화면에서 뒤통수가 사라진 후 다시 중계방송을 재미있게 보기 시작했습니다.

그 때까지 아무 말 없이 계셨던 저희 아빠가 절 부르셨습니다.

"야!"

"예?"

대답했더니 저희 아빠의 정말 정말 엽기적인 한마디.

"안방에 엄마 있나 한 번 가봐라."

큰 일 낼 아이

마을 어른들이 이름이 뭐냐고 물으면 항상

"저는 테일러씨 딸인데요."

라고 답하는 여자 아이가 있었다.

하지만 그 아이의 엄마는 그렇게 말하는 것은 잘못된 거라며

"저는 제인 테일러입니다"

라고 말해야 한다고 아이에게 항상 주위를 주었다.

어느 날 교회의 목사님이 그 여자 아이를 보더니 물었다.

"애야, 혹시 너 테일러씨 딸 아니니??"

그러자 그 여자 아이가 말했다.

"저도 그런 줄 알았는데요, 우리 엄마가 아니라네요."

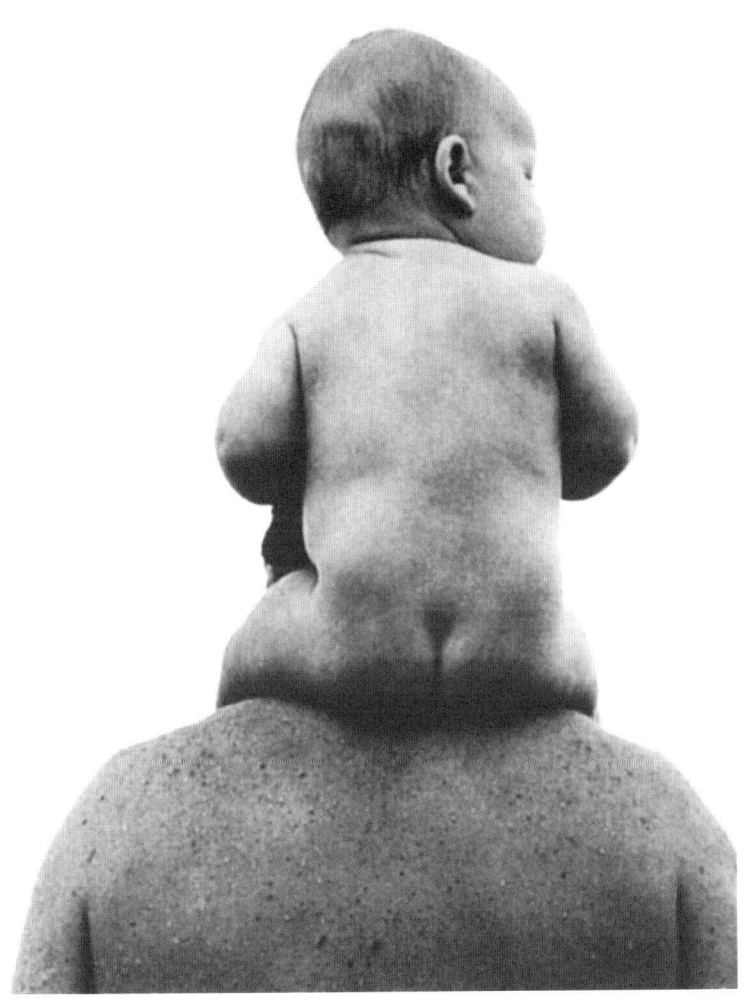

유머감각이 없는 사람은 스프링이 없는 마차와 같다.
길 위의 모든 조약돌 마다 삐걱거린다.
— 헨리 와 드 비쳐 —

아버지와 아들

용기가 네모난 팩으로 되어 있는 두유를 매우 좋아하던 친구가 한 명 있었다.

그 친구는 여름방학을 맞아 운동(웨이트트레이닝)를 시작했고 항상 운동이 끝나면 그 네모난 두유를 사먹는 것이었다.

그러던 어느 날, 그날은 아버지와 만나서 저녁을 먹기로 했던 날이었는데 그날도 어김없이 운동을 마치고 헬스장을 나오면서 헬스장 앞에 있는 가게로 가서 두유를 사가지고 먹으려고 했다.

그런데 두유를 마시기 위해 빨대를 꼽고 입에 무는 순간, 누군가가 그의 뒤통수를 힘차게 후려갈겼다.

뒤에서 뒤통수를 때는 사람은 바로 그의 아버지였다. 그는 둥그런 눈으로 아버지를 쳐다보았다.

그의 아버지는 왜 맞았는지 영문도 모르는 친구에게 분노에 찬 얼굴로 한마디 했다고 한다.

"너 이 새끼 담배… 얼레?"

산부인과의 남편들

어느 산부인과의 분만실 앞.

분만실로 들어간 아내를 초조하게 기다리는 남편들이 복도에 있는 의자에 여러 명 앉아 있었다.
잠시 후 분만실에서 간호사가 나와 말한다.

"한남동에서 오신 분, 아들입니다."

함께 있던 사람들이 모두 자기 일처럼 여기며 축하인사를 건넸다.
10분 뒤 간호사가 다시 나온다.

"쌍문동에서 오신 분, 쌍둥이 입니다."

이번에도 사람들이 다함께 축하인사를 건넸다.

잠시 후,

"삼선교에서 오신 분, 세 쌍둥입니다."

"사당동에서 오신 분, 네 쌍둥입니다."

그러자 갑자기 복도에 앉아 있던 남편들이 한꺼번에 술렁이기 시작했다.

그때였다.

"오류동에서 오신 분, 다섯 쌍둥입니다."

그 순간, 기다리던 남편들 중 한사람이 갑자기 비명을 질렀다.

그러자 사람들이 이유를 물어봤다. 그랬더니 그 남자 울상을 지으며 한말이

"우리 집은 구파발이란 말이오!"

우리는 행복하기 때문에 웃는 것이 아니고 웃기 때문에 행복하다.
― 윌리엄 제임스 ―

시방 어디 가는 겨

인생의 황혼기를 넘어선 칠순의 노부부가 있었다.

어느 날 할아버지와 할머니가 잠자리에 들 때의 일이다.

잠자리에 누워 있던 할머니께서 문득 옛 생각이 나서 이렇게 말했다.

"영감. 그래도 우리 젊었을 때 영감이 항상 자기 전에 절 꼭 안아줬었잖아요."

이 말에 할아버지는 할머니한테 서비스한다 생각하고 꼭 껴안아주었다.

그러자 할머니는 또 이러는 것이었다.

"그리고 내 입술에 살며시 뽀뽀도 해주었지요."

이에 할아버지는 별로 내키진 않았지만 할머니에게 뽀뽀를 해주었다.

그러자 이번엔 할머니가 이러는 거였다.

"그리고는 입으로 내 귀를 살짝 깨물어주었었어요."

이렇게 말을 하고 할머니는 내심 기대를 하고 있었다.

그러나 할머니의 말이 끝나자 할아버지는 벌떡 일어나 방문을 열고 나가시는 거였다.

이에 무척 당황한 할머니.

"여보 영감! 시방 어디 가는 겨"

그러자 할아버지의 말씀.

틀니 가지러.

웃음으로 인생 성공하는법
제1탄

- 힘차게 웃으며 하루를 시작하라. 활기찬 하루가 펼쳐진다.
- 세수할 때 거울을 보고 미소를 지어라.
  거울 속의 사람도 나에게 미소를 보낸다.
- 밥을 그냥 먹지 마라. 웃으며 먹으면 피가 되고 살이 된다.
- 모르는 사람에게 미소를 지어라. 마음이 열리고 기쁨이 넘친다.
- 웃으며 출근하고 웃으며 퇴근하라. 그 안에 천국이 있다.
- 만나는 사람마다 웃으며 대하라. 인기순위 1위가 된다.
- 꽃을 그냥 보지 마라. 꽃처럼 웃으며 감상하라.
- 남을 웃겨라. 내가 있는 곳이 웃음천국이 된다.
- 결혼식에서 떠들지 말고 큰 소리로 웃어라. 그것이 축하의 표시이다.
- 신랑신부는 식이 끝날 때까지 웃어라. 새로운 출발이 기쁨으로 충만해진다.

웃음으로 인생 성공하는법
제2탄

• 집에 들어올 때 웃어라. 행복한 가정이 꽃피게 된다.

• 사랑을 고백할 때 웃으면서 하라. 틀림없이 점수가 올라간다.

• 화장실은 근심을 날려보내는 곳이다. 웃으면 근심걱정 모두 날아간다.

• 웃으면서 물건을 팔라. 하나 살 것 두 개를 사게 된다.

• 물건을 살 때 웃으면서 사라. 서비스가 달라진다.

• 돈을 빌릴 때 웃으면서 말하라. 웃는 얼굴에 침 뱉지 못한다.

• 옛날 웃었던 일을 회상하며 웃어라. 웃음의 양이 배로 늘어난다.

• 실수했던 일을 떠올려라. 기쁨이 샘솟고 웃음이 절로 난다.

• 웃기는 책을 그냥 읽지 말라. 웃으면서 읽어 보라.

• 도둑이 들어와도 두려워 말고 웃어라. 도둑이 놀라서 도망친다.

• 웃기는 개그맨처럼 행동해 보라. 어디서나 환영받는다.

남자라면 반드시 알아둬야할
여자(Woman) 유머

지구의 반이 남자라면
그 나머지 반은 여자.
여자는 늘 남자로 하여금
사랑을 애타게 갈구하도록 만드는 특별한 존재.
나이가 적든 만든
이성에 대한 얘기라면 귀를 쫑긋 세우는
남자들이 들으면 기절할만한 유머를 찾았다

"다… 그 놈이 그 놈이여!"

' 당신은 다시 태어난다면 지금의 남편이나 아내와 또다시 결혼하겠는가?'

이런 질문의 설문 조사가 있었다.

그랬더니 이 물음에 90%가 넘는 사람이 현재의 배우자와 다시 결혼하고 싶지는 않다고 대답했다는 결과가 나왔다.

이를 듣고 어떤 신부님이 미사 도중 교인들에게 같은 질문을 하며 현재의 배우자와 다시금 결혼하실 분만 손을 들어달라고 했다.

예배당에 모인 교인들 모두 서로의 얼굴만 쳐다보면서 손을 들지 않는데 맨 앞자리에 앉아 계시던 어떤 할머니 한 분만 손을 들었다.

목사님께서 얼굴에 미소를 띠며 "그래, 할아버님과 그렇게 사랑이 깊으셨습니까?"

라고 묻자, 할머니께서 웃으며 대답하시길….

"다… 그 놈이 그 놈이여!"

했다 합디다.

남과 여

예전부터 내려오던 아주 오래 된 유머 중 '여자가 싫어하는 얘기 3가지' 가 있다.

그것이 무엇이냐 하면

첫째는 군대를 다녀온 예비군들의 군대 이야기.

두 번째는 남자라면 거의 모두 좋아하는 축구 이야기.

가장 싫어하는 세 번째는 군대에서 축구한 얘기.

여기까지는 기본 상식이고 그럼 남자들이 싫어하는 3가지 이야기는 무엇일까?

남자가 싫어하는 3가지 얘기는 다름 아니라.

첫째는 여자들이 좋아하는 화장품 이야기

둘째는 남자들이 웬만하면 따라 나서지도 않는 쇼핑에 관한 이야기.

그렇다면 가장 듣기 싫은 세 번째

그것은 바로.

못생긴 여자가 하는 얘기랍니다.

잘못 보냈어

고등학 2학년인 T에게는 여자친구가 있다. 오래 만난 건 아니지만 서로 사랑하고 있다는 걸 너무 잘 알고 있다.

그런데 어느 날 갑자기 여자친구한테 문자가 왔다.

『우리 헤어지자. 나 이제 니가 싫거든. 너 100일나 챙겨주긴 챙겨 줬니? 어쨌든 우리 헤어져.』

T는 놀랐다. 우선 그녀가 자신을 아주 많이 사랑하고 있다고 믿었거든. 그리고 100일은 아직 멀었으니 더욱 황당하잖아. 그런데 헤어지자니.

T는 맘이 아프기도 하고 당황도 되어서 바로 답장을 했다.

『진심이니. 그게 너의 생각이야?』

문자를 보내자 마자 바로 여자친구의 답장이 왔어.

『어, 미안. 너한테 보내려고 한 문자가 아니야. 잘못 보냈어.』

휴~~~ 안심입니… 잠깐! 뭔가 꺼림직…

이걸 죽여 버려!

나도 밖에 안 나오지

오랫 동안 함께 해 온 부부가 함께 외출을 했다.

그런데 할아버지와 할머니가 길을 걷고 있는데 아주 짧은 미니

스커트를 입은 아가씨가 옆을 지나가는 것이 아닌가.

그 때 할머니가 아가씨의 얼굴을 보고 소리쳤다.

"내가 저렇게 생겼으면 집밖으로 안 나오겠다."

그러자 옆에서 듣고 있던 할아버지가 말했다,

"당신이 저렇게만 생겼으면 나도 밖에 안 나오지."

웃음소리는 울음소리보다 멀리 간다.

— 히브리 격언 —

그녀의 남편들

결혼을 하지 않겠다는 나이 많은 한 여자가 있었다.

그녀가 밝히는 결혼 하지 않는 이유다.

크크크

"저는 결혼을 하지 않는 게 좋겠다는 생각을 합니다. 왜냐하면 우리 집에는 남편 구실을 다하는 세 마리의 애완동물이 있거든요. 매일 아침마다 제게 불평을 늘어놓는 개 한 마리와 오후 내내 욕을 해대는 앵무새 한 마리, 그리고 매일 밤늦게 들어오는 검은 고양이도 한 마리 있답니다.

세일즈맨의 작업방식(?)

세일즈맨이 있었다. 오늘은 거래처 사장의 집을 직접 방문해서 거래를 성사시켜 보려는 맘으로 사장의 집을 방문했다.

세일즈맨이 집 앞에서 초인종을 눌렀다. 그랬더니 너무나도 아름다운 여인이 문을 열고 나오는 것이었다.

세일즈맨 : "안녕하십니까, 부인. 사장님을 만나 뵈러 왔습니다. 지금 안에 계신가요?"

부인 : "이를 어쩌죠? 지금 그 사람은 외국으로 출장을 가셨는데요. 아마 족히 일주일은 걸려야 돌아올 겁니다."

그러자 세일즈맨은 한참 앞에 서 있는 그녀를 바라보더니 한숨을 쉬더니 그녀에게 물었다.

세일즈맨 : "안으로 들어가서 기다리면 안 되겠습니까?"

공주병 말기

어느 날 돈 많고 능력도 있고 아름답기까지 한 한 여자가 있다. 그러나 그 녀는 아직 결혼을 못했으며 결혼 상대를 찾고 있다. 여러 해 결혼 상대를 찾던 그녀가 심사숙고한 끝에 자신은 꼭 고고학자와 결혼을 하겠다고 선언을 했다. 참으로 이상한 일이지. 하필이면 왜 고고학자.

어찌 됐든 고고학자 외에는 다른 누구하고도 결혼 하지 않겠다는 강한 신념을 가진 그녀에게 주위 사람들은 왜 꼭 고고학자와 결혼을 하려고 하는지 물어봤다.

그러자 그녀는 조금의 망설임도 없이 즉각적으로 이렇게 이야기했다.

"고고학자야말로 모든 여자들에게는 최고의 신랑감입니다. 고고학자들이 옛 유물에 온 관심을 집중하듯이 아내가 늙으면 늙을수

록 남편이 아내에게 더 흥미를 가질 테니까요."

그렇다면 그녀는 공주병 말기환자(?).

유머는 한 줄기 시원한 여름 소나기처럼 대지와 대기,
그리고 당신을 모르는 사이에 정화시켜 준다.
— 랭스턴 휴스 —

야한 여자

여기는 콘도 프론트.

갑자기 전화벨이 요란하게 울린다.

전화를 받았더니 콘도에 묵고 있는 한 여자 손님이 크게 소리를 지르며 항의를 하는 것이었다.

"제 방 건너편 방에 한 남자가 실오라기 하나 걸치지 않고 알몸으로 돌아다니고 있어요. 민망하게, 이런 법이 어디 있어요? 빨리 와서 조치를 취해 주세요."

잠시 후 콘도 경비 직원이 그녀의 방에 갔다. 경비 직원이 도착하자 그의 손을 붙잡고 재촉하면서 방으로 들어갔다. 경비 직원이 건너편 방을 보면서 말했다.

"저… 손님. 저기 계신 분 상반신밖에 안 보이는데 뭘 그러세요?"

그러자 그 여자 손님이 말했다.

"이리 와보세요. 한번 여기 침대 위에서 발 끝으로 서서 봐보세요."

못생긴 여자

한 여자가 숨을 헐떡이면 황급히 파출소로 달려들어 가 경찰에게 말했다.

"어떤 남자가 자꾸 절 따라오면서 말을 걸려고 해요. 술에 많이 취한 것 같아요."

그러자 경찰이 그 여자를 위 아래로 자세히 살펴보더니 하는 말.

"그 사람 술에 많이 취한 게 틀림 없군요."

밤에 가면 되지

러시아인과 미국인, 금발여성 세 명이 얘기를 나누고 있었다.

무척 자랑스러운 듯이 러시아인이 말했다.

"처음으로 우주에 나간 건 우리 러시아 사람입니다. 하하."

그랬더니 이에 대해 미국인도 자랑스럽게 말을 하는 것이었다.

"달에는 미국인이 처음 갔지."

이야기를 듣고 있던 금발 아가씨가 말했다.

"하지만 태양은 우리가 처음으로 갈 거예요."

그러자 러시아인과 미국인이 고개를 저으며 말했다.

"아가씨, 몰라도 정말 너무 모르는 거 아니예요? 태양에는 갈 수가 없어요. 태양에 도착하기도 전에 타 죽을 거라구요."

그러자 금발이 기다렸다는 듯이 답했다.

"밤에 가면 되지요."

멍청한 금발

아이를 납치해 몸값을 받아내기로 작정을 한 금발의 여자가 있었다. 그 여자는 아이들이 많은 놀이터로 가서 아이 하나를 조용한 곳으로 유인했다. 그런 후 아이에게

"너는 지금 납치된 거야. 그러니 이 쪽지를 네 엄마에게 꼭 전해 주어야 한다."

라며 소년의 손에 쪽지를 쥐어주며 집으로 돌려 보냈다.

메모에는 "당신의 아이를 납치했으니 내일 아침까지 1만달러를 종이봉지에 넣어 미끄럼틀 옆 나무 밑에 갖다 놓으시오.

– 금발–" 이라고 적혀 있었다.

이튿날 아침 납치범이 어제 이야기 한 나무 밑으로 갔더니 나무 밑에는 정말 종이 봉지가 놓여 있었다.

황급한 마음으로 종이 봉투를 열어보니 원하던 1만달러와 메모 쪽지가 들어 있었다.

그런데 글쎄 쪽지에 이렇게 써 있지 뭡니까.

"흐흐! 어떻게 같은 금발끼리 이럴 수가 있어요?"

부적

어느날 동생하고 둘이 집에서 텔레비전을 보고 있었어

밖에 나갔다 들어오시는 할머니는 무엇 때문에 화가 나셨는지 현관문을 힘껏 발로차고는 소리를 치셨어.

언 놈이야!! 언 놈이냐구~~!!

난 조심스럽게 말했지.

"할머니 무슨 일 있어요? "

화가 칠민어 올라 말까지 더듬는 할머니 왈

"언 놈이 우 – 우리 현관문에 귀신 쫓는 부적 붙여놨어! (할머니는 독실한 기독교 신자거들랑)

잡히기만 혀 손 모가지를 비틀어놓을 겨 !!"

그리고는 우리 앞에 종이쪽지를 던지시는 거야.

그걸 본 순간 난 참말이지 암 말도 나오지 않았다니까.

빨간색 바탕의 황색 글씨. 얼핏 보면 부적처럼 보이긴 하지만 그래도 이건 너무한 거 아냐.

짜 짜 루
신속배달
(짜장면집 홍보 스티커잖아)

걱정되는 딸

어느 마을에 소위 잘 나가는 의사가 있었다.

아침에 딸아이를 유치원까지 데려다 주기 위해서 아이를 차 뒷자석에 앉혔다. 뒷 자석에는 자신이 사용하는 청진기를 두었는데 딸아이가 유치원으로 가는 도중 내내 청진기를 가지고 노는 것이었다.

그 모습을 본 의사는

'우리 딸도 내 뒤를 따라 의사가 되고 싶은가 보다.'

라고 생각하며 흐뭇해 했습니다.

그러나 그때.

딸 아이가 갑자기 청진기에 입을 대고는 이렇게 말을 하는 것이 아닌가.

"어서 오세요. 여기는 핫도날드입니다. 무엇을 주문하시겠어
요?"

생각없는 엄마

엄마와 아빠와 아이가 함께 살고 있었다. 어느 날 아침, 아이가 아침식사를 하다가 아빠의 머리를 불쌍하게 쳐다보는 것이었다. 그러더니 엄마에게 달려가 물었다.

아이 : "엄마, 아빠는 왜 머리카락이 조금 밖에 없어요?"

엄마 : "그건, 아빠가 너무 생각을 많이 해서 그러신 거야."

그랬더니 아이가 이번에는 엄마의 머리를 한참동안 한심히게 쳐다보더니 물었다.

아이 : "그런데 엄마, 엄마는 왜 머리카락이 그렇게 많은 거야?"

바람만 피우지 않았다면

사업에 실패하여 실의에 빠진 남편이 아내 앞에서 한탄을 하면서 말을 했다.

"아, 지금 2천만 원만 있으면 다시 시작할 수 있을 텐데…."

그러자 그의 말을 듣고 있던 아내가 조용히 다락에 올라가 항아리를 가지고 내려 왔다. 그 항아리에는 2천만 원이 넘는 큰 돈이 들어 있었다.

아내가 수줍어 하며 이렇게 말했다.

"이 돈은 당신이 밤에 나를 기쁘게 해 줄 때마다 1만 원씩 모아 두었던 거예요."

그 말을 들은 남편은 기뻐해야 했으나 오히려 긴 한숨을 쉬며 말
했다.

"내가 바람만 피우지 않았다면 지금쯤 1억은 됐을 텐데…."

웃음으로 인생 성공하는법
제3탄

- 웃기는 비디오을 선택하라. 웃음 전문가가 된다.
- 화날 때 화내는 것은 누구나 한다.
화가 나도 웃으면 화가 복이 된다..
- 우울할 때 웃어라. 우울증도 웃음 앞에서는 맥을 쓰지 못한다.
- 힘들 때 웃어라. 모르던 힘이 저절로 생겨난다.
- 웃는 사진을 걸어 놓고 수시로 바라보라. 웃음이 절로 난다.
- 웃음노트를 만들고 웃겼던 일 웃었던 일을 기록하라.
웃음도 학습이다.
- 시간을 정해놓고 웃어라. 그리고 시간을 점점 늘여라.

웃음으로 인생 성공하는법
제4탄

- 만나는 사람을 죽은 부모 살아온 것 같이 대하라.
  기쁨과 감사함이 충만해진다.
- 속상하게 하는 뉴스를 보지 마라. 그것은 웃음의 적이다.
- 회의할 때 먼저 웃고 시작하라. 아이디어가 샘솟는다.
- 오래 살려면 웃어라. 1분 웃으면 이틀을 더 산다.
- 돈을 벌려면 웃어라.
  5분간 웃을 때 5백만 원 상당의 엔돌핀이 몸에서 생산된다.
- 죽을 때도 웃어라. 천국의 문은 저절로 열리게 된다.

웃지않으면 성격파탄자 되는
토탈(Total) 유머

세상 살다보면 배꼽 빠지도록
웃기는 얘기들이 한두 가지가 아니다.
재치 만점
감각 만점
스릴 만점의
톡톡 튀는 유머를 집합시켰다.
졸도는 하지 말고
한 번 웃어－－－－－－－－－－－－－－봐.

재미있는 대대장

군대에 간 남동생이 첫 휴가를 나왔다. 누나는 남동생의 이야기가 너무 재미있어서 친구에게 이렇게 전해 주었다.

"난 군대가 어떻게 생겼는지도 모르지만 여하튼 주말 오후였대. 그날 이상하게도 다른 고참들이 휴가를 가거나 면회를 다 나가서 차량 운행을 할 사람이 한 사람도 없었다나. 그런데 갑자기 대대장 님이 외출을 하셔야 할 일이 생겼고 차량 운행을 할 사람이 없지, 이등병인 우리 남동생이 운전을 하게 된 거야.

그런데 군대에서는 운전을 할 때 항상 상급자에게 보고를 해야 한다는군. 처음에는 '출발하겠습니다.' 라고 보고를 하고 기어를 변속할 때도 일일이 '변속하겠습니다' 라고 보고를 하는 거래. 그런데 첫 차량 운행이라 긴장한 남동생은 실수로 그만 '변속'을 '변신'이라고 했다지 뭐야.

"출발하겠습니다. 일단 변신하겠습니다." 남동생은 보고를 하긴 했고 뭔가 이상하다고 생각은 드는데 도통 뭘 잘못했는지 생각이 안났어. 잠시 후 2단으로 변속을 하려고 "2단으로 변신하겠습니다." 보고를 했고, 보고를 하고도 자꾸 느낌이 이상하더래. 물론 차량 운행중이라 깊이 생각할 순 없어서 계속 운전을 했지. 기어를 3

단으로 변속할 때가 되었고 또 보고를 했다죠. "3단으로 변신하겠습니다." 남동생이 계속 이런 식으로 보고를 하자, 뒷에 앉아 계시던 대대장님 어이가 없으셨던지 이렇게 말을 하셨대.

"도대체. 변신만 하고 로보트는 언제 되는 건가?"

DNA

어느 한적한 마을에서 살인 사건이 발생했다. 그러나 곧 용의자가 잡혔고. 용의자로 잡힌 어느 한 남성이 변호사를 선임했다.

재판을 준비하던 변호사가 살인사건 용의자를 만나 전해줄 나쁜 소식과 좋은 소식이 있다고 말해 주는 것이었다.

용의자는 먼저 나쁜 소식이 무엇이냐고 변호사에게 물어봤다. 변호사는 얼굴 표정을 심각하게 변화시키더니

"당신의 혈액에서 추출한 DNA와 범행현장에서 발견된 혈흔에서 추출한 DNA가 일치한다는 겁니다."

라고 안타깝다는 표정으로 말을 전해주었다.

그러자 용의자는 이젠 희망이 없다는 표정으로 그 자리에 주저앉으며 그럼 좋은 소식이란건 무엇인지 또 물어보았다. 그러자, 변호사는 굳어 있던 표정을 조금 풀면서

"DNA 추출을 위해서 혈액검사를 했는데 당신의 혈액의 콜레스테롤 수치가 정상으로 떨어졌답니다."

목사의 말

어느 날 아침 한 목사님이 목회실 문 앞에 떨어져 있는 편지를 열어보았다.

편지봉투 안에는 작은 종이 한 장만이 들어 있었다.

종이를 펼쳐 보았더니 종이에는 "바보"라고 적혀 있었다.

돌아온 일요일에 목사님은 예배 중에 신도들 앞에서 편지에 대해 말씀하셨다.

"저는 지금까지 여태껏 편지를 쓰고는 실수로 자기 이름을 잊고 안 쓴 편지는 많이 받아봤습니다. 그런데 지난주에는 누군가로부터 자신의 이름만 쓰고 내용은 잊어 버리고 안 쓴 편지를 받았습니다."

내가 헛되이 살았다고 생각하는 때는 웃음이 없었던 날들이다.

— N. S. 샹포르 —

골초들

두 명의 골초가 있었다. 둘은 절친한 친구였다. 항상 담배도 나누어서 피는 그런 사이였다.

골초1 : "정말 담배를 끊으면 장수할 수 있다는 게 사실일까?"

골초2 : "아니야. 내가 봤을 땐 단지 사람들이 그렇게 느끼는 것뿐이야."

골초1 : "왜 그렇게 생각하는데? 그리고 그걸 네가 어떻게 알아?"

골초2 : "사실은 나도 장수한다는 얘길 듣고 시험 삼아 하루 동안 담배를 안 피워봤거든…."

친구가 말끝을 흐리자 또 다른 친구가 무척 궁금해 하며 대답을
재촉했다.

골초2 : "담배를 안 폈더니 하루가 얼마나 긴지 정말 오래 사는
기분이 다 들더라니깐!"

웃기는 점원

어떤 한 남자가 피자를 주문하기 위해서 피자 가게에 전화를 했습니다.

점원 : "고맙습니다. 지미너피자입니다."

남자 : "피자 주문하려고 하는데요."

점원 : "먼저 ID번호를 알려주시겠습니까?"

남자 : "ID번호요? 잠깐만요, 6102049998-45-56410인데요."

점원 : "확인해 주셔서 고맙습니다 미스터 씨헌씨 되시네요. 메도우랜드 드라이브 1742에 살고 계시네요. 집 전화번호는 494-2366이시구요. 직장 전화번호는 266-2566맞으시죠? 지금 어느 번호로 전화주시는 거죠?"

남자 : "음, 집에서 전화한건데요. 그런데 그런 정보들은 어떻게 아신거죠?"

남자는 너무 황당했다

점원 : "인터넷 검색 시스템에 연결되어 있어서 알 수 있었습니다."

남자 : "네. 전 순살 고기 스페셜 피자를 주문하려고 하는데요."

그러자 격양된 목소리로 점원이 말했다.

점원 : "주문하신 피자는 손님께 무척 안 좋습니다. 지금 제가 보고 있는 의료기록에는 혈압이 높으신 걸로 나와 있어서 그 상태에서 순살 고기 스페셜 피자를 드시면 안 좋습니다."

"………"

어리석은 탈영병

아무도 배치되길 원하지 않던 최전방에 복무중인 김일병이 심각한 고민에 빠져 있었다. 그 이유는 다름 아닌 자신이 입대 전 사귀었던 순이가 자기를 차버리고 다른 놈에게 가버렸다는 걸 알았기 때문이었다. 소위 고무신을 거꾸로 신은 것이다.

깊은 고민과 실의에 빠진 김일병은 고민 끝에 맘을 뭔가 결정한 것 같았다.

"그래, 탈영하자."

야음을 틈타 김일병은 부대의 담을 넘고 인근 민가로 가서 빨랫줄에 널려있던 옷을 걷어 입고는 서울로 가는 올라탔다. 아침이 되서야 부대에선 김일병의 탈영 사실을 알게 되었고, 수색대와 헌병을 긴급 출동시켰다. 마침 김일병이 탄 버스는 헌병 검문소에 정차를 했다.

　김일병은 사복을 입고 있었던 터라 크게 걱정은 하지 않았지만

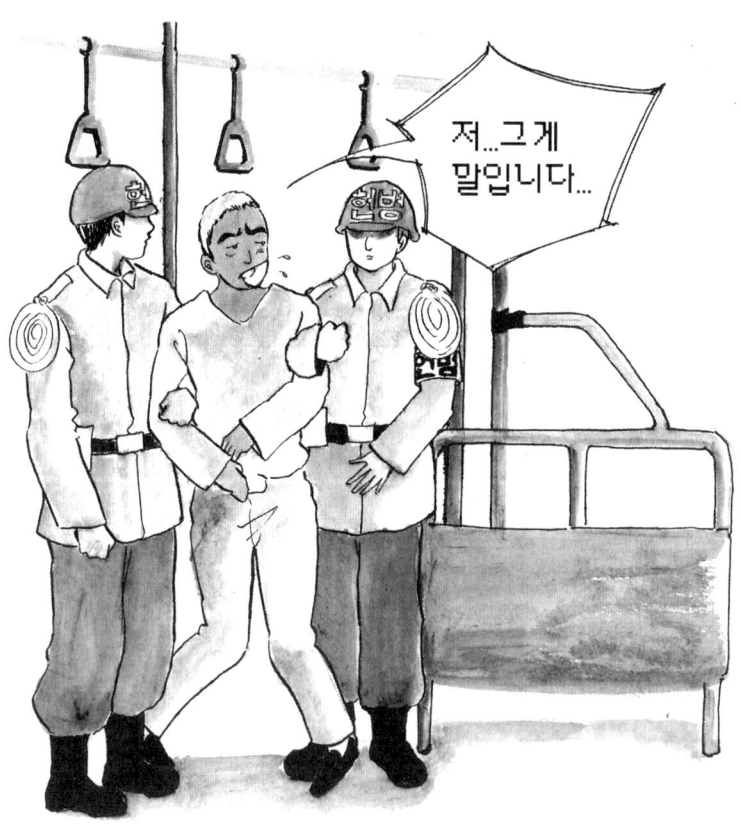

버스에 올라탄 헌병은 짧은 머리와 까무잡잡한 김일병의 얼굴을 보고 김일병에게 다가오고 있었다.

헌병: "자네 혹시 군인 아닌가?"

김일병은 무척 당황했다. 그러나 애써 침착한 척 하며 대답했다.

김일병 : "저, 군인 아닌데 말입니다!"

김일병은 바로 영창에 끌려갔다.

충동적인 행동

나는 어느 날 배변하고 자 하는 욕망에 사로 잡혀 너무 급해서 화장실로 뛰어 들었던 적이 있었다. 시원하게 일을 치르고 있는데 문득 눈에 들어오는 장문의 글.

그 글을 읽기 시작하면서 내가 왜 이곳에 있는지 무엇을 하러 들어왔는지 잊고 말았다.

글의 내용은 다음과 같았다.

'내가 당신이 누군지는 알 수 없으나 다시 이 자리에 올 것이라 굳게 믿으며 미안하다는 말을 적겠소.

조금 전 3시쯤 배변의 욕구가 충만하여 화장실에서 거사를 치르고 있는데 당신이 내 옆 사로에 들어와 일을 보았소. 시간이 지나 배변의 욕망이 시들해질 때쯤, 모든 것을 정리하고 나가려고 할 때 당신에게 온 전화내용을 듣고 말았소.

애인이었소?

하지만 화장실에서 볼일을 보면서 애인에게 "학교 앞 카페에서 커피 마시고 있다."고 말하는 건 좀 심했소. 나는 불의를 보고는 참지 못하는 성격이라서 허겁지겁 끝 정리를 하고 통화 중에 물 내린 거 사과하오.

전화기에 대고 계속되는 당신의 변명에 미안함과 측은함이 가슴을 파고 들었다오.

그렇다고 솔로부대를 옆에 두고 그런 식의 전화는 전쟁포고와 다름없는 행동이었던 것이었소.

내 조금만 참았어야 했으나…. 미안함을 느끼며

나의 충동적인 행동을 사과하오.

먼저 인간이 되어라

얼마 전 서점가를 강타한 아침형 인간이란 책이 있었다. 그 책을
감동있게 읽은 백수가 너무 감동을 한 나머지 나도 아침형 인간이

되겠다고 다짐했다.

그리고 자신의 결심을 자랑스럽게 자신의 형에게 말을 했다.

"형 나도 내일부턴 아침형 인간이 되어 보려고 해."

그랬더니 형이 하는 말.

"넌 먼저 인간이 되어야 할 걸…."

무식한 엄마

무식한 엄마와 호기심 많은 어린 아들이 살고 있었다. 하루는 엄마와 아들이 병원을 가게 되었다.

엄마를 따라 병원에 가게 아들은 병원 복도에 있는 의자에 앉아 지나가는 의사들을 유심히 바라보고 있었다.

한참을 바라보던 아들이 엄마에게 물어보았다.

"엄마. 왜 의사들은 수술할 때 마스크를 하는 거야?"

그러자 엄마는 이렇게 대답했다.

"그거야, 수술이 잘 못되더라도 환자가 자기 얼굴을 알아보지 못하도록 하려고 그러는 거겠지?"

그대의 마음을 웃음과 기쁨으로 감싸라.
그러면 1천 해로움을 막아주고 생명을 연장시켜 줄 것이다.
— 윌리엄 세익스피어 —

아이와 산소

오늘은 추석. 가족 모두 한자리에 모였다. 아침부터 차례를 지내려고 분주하다.

추석 아침 차례를 마치고 온 가족이 함께 아침을 먹고 성묘 준비를 했다.

준비가 끝난 후 가족과 친척들 모두 성묘를 갔다. 할아버지, 할머니 산소를 찾아 정성껏 절도 하고 성묘를 마쳤다.

그리고 가족끼리 둘러 앉아 가지고 간 음식들을 나누어 먹으면 이야기꽃을 피울 쯤 함께 가신 고모님이 말씀하시기를,

"민이(고모님 아들)가 할아버지, 할머니께 대표로 한 마디 해."
라고 말씀 하셨다. 참고로 민이는 5살이야. 그때 민이가 한치의 주저함도 없이 한 말에 가족들 모두 다 쓰러졌다.

(묘를 보며)

"할아버지 할머니, 오래 사세요!"

오천 원의 탈선

G는 약속이 있어서 정신없이 지하철을 타고 가다가 서울대역에서 하차했어. 그런데 마침 역 입구 상가에 가방을 판매하는 집이 있었어.

가게에서 가방을 팔고 있던 어떤 아저씨가 보통 그렇듯이 뭐라 뭐라 소리를 치며 가방을 팔고 계시더라구. G는 그 가게 앞으로 지나가야 했기에 무심코 그 아저씨의 외치는 소리를 들을 수 있었지.

'가방 하나에 오천 원… 시장 갈 때 시장가방 하나에 오천 원… 여행갈 때 여행가방 하나에 오천 원… 도서관 갈 때 책가방 하나에 오천 원….

여기까지는 그냥 그런가 보다 생각지.

그런데 크고 낭랑한 목소리로 날리는 다음 멘트가 그냥 저를 멈

쳐 서게 했하는 거야. 뭐라고 했냐구?

　'가출할 때 가출용 가방 하나에 오천 원… 가출하실 분 어여 와
서 하나씩 사가요….'

자격없는 중매인

결혼을 하려고 하는 한 남자가 중매인과 함께 선을 본 여자의 집을 방문했다. 화려한 거실에서 신부의 가족이 나오기만을 기다리는 동안 중매인은 아주 깨끗하고 아름다운 은그릇들이 진열돼 있는 유리로 된 진열장을 가리키며 말했다.

"이것 좀 보세요, 이것들만 봐도 이 사람들이 얼마나 부자인지를 알 수 있겠죠."

하지만 젊은 남자는 의심스럽다는 투로 말했다.

"그렇지만, 이 분들이 제게 부자라는 인상을 주려고 이 아름다운 물건들을 잠깐 동안만 빌려서 모아 놓은 것일 수도 있지 않습니까?"

그러자 중개인이 딱 잘라 말했다.

"지금 무슨 말씀을 하는 거예요? 신용도 없고 돈도 없다고 소문
난 이 집 사람들에게 무엇 하나 빌려 주려고 하는 사람이 어디에 있
겠어요!!"

가전제품과 사내들이 같은 점

다리미: 빨리 달아 오르고 빨리 식는다.

커피보트: 성능만 좋으면 1분만에도 끓는다.

냉장고 : 덩치에 비해 기능은 1자형으로 단순하다.

전자레인지 : 속부터 태운다.

식기세척기: 오목한 그릇은 제대로 닦지 못한다.

세탁기: 지정만 해주면 처음부터 끝까지 혼자 알아서 처리한다.

웃음은 마음의 치료제일 뿐만 아니라 몸의 미용제이다.
당신은 웃을 때 가장 아름답다.
— 칼 조세프 쿠 쉘 —

내부수리중

오래 간만에 PC방을 찾았다. 무엇을 할까 생각 하다가 스타크래프트를 하기로 마음먹고 스타크래프트를 시작했다. 스타크래프트에 열중하고 있는데 내 옆자리에 있는 초등학생이 눈에 들어왔다.
그 녀석도 스타크래프트에 열심이다.

난 게임이 끝나서 계속 옆에 앉은 초등학생 화면을 주시하면서 게임 구경을 하고 있었다.
그런데 적군이 초등학생의 진영으로 돌진을 해오고 있었다. 그랬더니 초등학생이 방어를 할려고 벙커에 마린두마리와 SCV 2마리를 함께 넣는 것이 아닌가?

그때 갑자기 SCV는 왜 넣었을까 하는 궁금증이 머리를 강타했다.

그래서 궁금증을 참지 못하고 초등학생에게 물어 봤다.

"꼬마야 SVC는 왜 벙커에 집어 넣은거야?

했더니 꼬마가 내가 한치의 망설임도 없이 이렇게 말했다.

"지금 내부수리중인데요."

오리발

가수 김모씨 : 술은 마셨지만 음주운전은 하지 않았습니다. 또 차는 몰았지만 운전을 하지는 않았습니다.

김모 정치인 : 뇌물은 먹었지만 비리를 저지르진 않았습니다.

탤런트 이모씨 : 그냥 빨간 신호등에서 차를 달렸지만 교통위반을 하지는 않았습니다. 시속 100㎞이상으로 달렸지만 과속은 안했습니다. 면허는 없었지만 무면허 운전은 아니였습니다.

일본의 축구선수 : 상대 선수의 발은 걸어찼지만 반칙은 하지 않았습니다.

어느 애연가 : 담배는 피우지만 현재 금연중입니다.

도선생 : 은행은 털었지만 돈은 안훔쳤습니다.

잘못된 만남

수술대의 환자가 마취되려는 순간이었다.
그는 신경이 잔뜩 곤두서서 소리소리 질렀다.

"베이커 박사가 집도하는 건 아닐 테지! 그 사람한테 맡겨서는
안 돼요! 절대로 안 돼요!"

수술팀 사람들이 가까스로 그 환자를 진정시켰을 무렵 베이커
박사가 나타났다.
환자를 눈여겨본 의사가 한 마디 했다.

"아니 이게 누구야, 작년에 내가 수술을 잘못 했다고 덮어씌워서
나를 골탕먹이려 했던 바로 그 변호사분 아니신가!"

아들의 배신

엄마와 아들이 함께 길을 걸어가고 있었다. 그런데 저기 좀 덜어
진 곳에 아빠가 없는 불쌍한 아이 한 명이 앉아 흙을 가지고 놀고

있었다.

그러자 엄마가 아들에게 이렇게 말을 했다.

엄마 : "토미, 지금 네가 가지고 있는 축구공을 아빠가 없는 저 불쌍한 아이에게 주는 게 어떻겠니?"

토미 : (가지고 있던 축구공을 꼭 껴안으며) "축구공 대신에 아빠를 주면 안 될까요?"

별난 Q & A

case1.

Q : 우리 나라 돈에는 왜 여자 모델이 없죠?

A : 오백 원짜리 동전에 학이 암컷입니다.

case2.

Q : 인터넷을 사용하는데 한 10분쯤 사용하면 자꾸 컴퓨터가 다운이 돼요. 어떻게 해야 하죠?

A : 그렇다면 9분만 하시면 됩니다.

case3.

Q : 한 달 후면 군대를 가게 됩니다. 후회없는 군생활을 보내려면 무엇을 해야 할까요?

A : 군 입대 하루 남은 제가 말씀드리는데 무슨 일을 해도 후회합

니다.

case4.

Q : 전 얼굴도 괜찮고 몸매도 괜찮은데, 왜 남자가 안 생길까요?

A : 01 −9895−9041로 언제라도 전화 주세요.

case5.

Q : 지금 집에 할머니랑 저밖에 없는데 갑자기 할머니가 너무 많이 아프세요. 도대체 지금 전 어떻게 해야 하죠?

A : 우선 컴퓨터부터 끄시고 병원으로 모시든가 하세요.

행복의 원칙은 첫째 어떤 일을 할 것, 둘째 어떤 사람을 사랑할 것,
셋째 어떤 일에 희망을 가질 것이다.
— 칸트 —

바람둥이 산타클로스

크리스마스를 며칠 남겨둔 어느 날 한 소년이 산타클로스에게 편지를 보냈다.

"저는 이번 크리스마스 선물로 동생을 받았으면 좋겠어요. 제 소원 꼭 들어주세요."

이 편지를 읽은 산타할아버지가 소년에게 다음과 같은 편지를 답장으로 보내왔다.

"편지는 잘 읽었어요. 그런데 이번 크리스마스 선물을 받으려면 네 엄마를 나에게 먼저 보내줘야 할 것 같구나."

건강 맨

건강에 무척 신경 쓰는 한 남자가 있었다. 그 남자는 자신의 건강을 위해서 날마다 조깅을 했는데.

어느 날 출근길에 친한 친구를 만났다.

남자 : "이봐 조지, 잘 지냈나?"

친구 : "응 잘 지내고 있지. 자네는?"

남자 : "나도 잘 지내지. 요즘 건강을 위해서 매일 조깅을 하면서 말이지. 오래 살려면 규칙적인 조깅이 필수라는군. 자네도 조깅을 해보지 그러나?"

그랬더니 친구가 이렇게 말하는 것이었다.

친구: "자네 뭘 잘 모르는군. 1마일을 조깅할 때마다 수명이 1분

추가된다고들 하지만 나는 85세가 되어서 한 달에 5천 달러를 써 가면서 양로원에서 5개월을 더 살고 싶지는 않다네."

모집광고

사업가 두 사람이 서로의 문제를 이야기하고 있었다. 사업상 광고가 필수라고 생각한 사람이 다른 사람에게 물었다.

"혹시 당신은 광고로 효과를 봤습니까?"

그러자 다른 한 사업가가 한숨을 쉬면서 이렇게 대답했다.

"있다 뿐이겠어요? 지난주에 야간 경비원을 구한다는 광고를 냈는데, 그 다음 날 밤에 사무실에 도둑을 들었지 뭡니까."

작대기 넷은

이병

작대기 하나 : 능히 혼자서 한 명의 적과 싸워 이길 수 있다

일병

작대기 두울 : 능히 혼자서 두 명의 적을 상대할 수 있다.

상병

작대기 세엣 : 혼자서 능히 세 명의 적을 섬멸할 수 있다.

병장

작대기 네엣 : 네 명이 모여야 한 명의 적을 상대할 수 있다.

정치인 수술

같은 대학을 졸업한 외과의사 4명이 카페에서 칵테일을 마시며 대화를 하고 있었다.

첫 번째 의사가 수술하기 쉬운 사람에 대해 말을 시작했다.

"나는 수술하기에 도서관 직원들이 가장 쉬운 것 같아. 그 사람들 뱃속을 보면 장기들이 가나다순으로 정렬되어 있더라고."

그러자, 두 번째 의사가 말했다.

"난 회계사가 제일 쉽던데. 그 사람들 내장들에는 전부 다 일련번호가 매겨져 있거든."

이번엔 세 번째 의사도 칵테일을 한잔 마시더니 이렇게 말했다.

"난 전기 기술자가 제일 쉽더라. 그 사람들 혈액은 색깔별로 구분되어 있잖아."

세 의사의 얘기를 듣고 있던 네 번째 의사가 잠시 생각에 잠기더니 이렇게 말을 받았다.

"난 정치인들이 제일 쉽더라구. 그 사람들은 골도 비어 있고, 뼈대도 없고, 쓸개도 없으며, 소갈머리 배알머리도 없고, 심지어 안면도 없잖아."

왔씨유 (What see you?)

목욕탕에서 있었던 일이다.

피부청결사 그러니까 때밀이 아저씨에 대한 얘기다.

아저씨가 근무하는 목욕탕에 거의 매일 오는 외국인이 있었다.

오늘도 그 외국인이 왔는데 거의 매일 보는 사이여서 아저씨가 친한 척을 했다

때밀이 : (환하게 웃으면서) 왔씨유(What see you?)

외국인 : (샤워기 앞에 거울을 보다가) 미뤄(Mirror!)

때밀이 : (웃으면서) 컴온(come on).

영문도 모르는 외국인은 아저씨에게 붙잡혀서 그날 거의 실신상태로 이리 뒤집히고, 저리 뒤집히고, 꺽이고 하여간 혼쭐 났다.

당신이 웃고 있는한 위궤양은 악화되지 않는다.

— 패티우텐 —

고객만족 자동응답 서비스

밤 늦도록 죽치고 앉아 마셔대는 술꾼들을 찾는 마누라들의 전화 때문에 귀찮아 죽을 지경인 술집 주인이 있었다.

견디다 못한 술집 주인은 술집 전화에 자동응답 서비스 장치를 아주 특별히 주문해 설치했다. 그 자동응답 서비스에는 다음과 같은 내용이 담겨 있었다.

'안녕하십니까?' '딱 한잔만 더' 술집의 자동응답 서비스 이용 안내입니다.

지금 저의 술집에 주인 양반이 계시는지를 알고자 할 때는 1번을, 왔다가 가셨는지를 안내 받으시려면 2번을, 지금 어떤 분과 함께 있는지를 알고자 할 때는 3번을, 혹시 개인적인 용무로 화장실에 가셨는지 모르므로 잠깐 대기를 원하시는 분은 #버튼을 누르시고 '삐' 소리가 끝날 때까지 기다려 주십시오.

그 밖의 궁금한 사항이 있으신 분은 9번을 누르시고 연락처와 메모를 남겨주시면 10분 이내로 연락드리겠습니다.

항상 애용해 주셔서 감사합니다.'

5살짜리의 아이큐

Y에게는 5살난 아주 귀여운 조카가 있었다.

조카는 말도 잘듣지만 호기심이 많아 이런 저런 것들을 귀찮을

정도로 물어보곤했다.

어느 날 제 조카가 집에 놀러 왔는 10원짜리 동전을 가지고 Y에게 다가오더니 이렇게 질문을 했다.

"삼촌, 이걸로 뭐 살수 있어?"

10원짜리로 뭘 할 수 있을까 고민하다가 Y는
"아마 전화 걸 수 있을 거야."(공중전화 말입니다.)"
그랬더니 조카가 하는 말.

(동전을 귀에 대고) "여보세요. 거기 아무도 없어요?"

웃기는 녀석

어느 날 한 남자가 카페에서 친구를 기다리고 있었다. 그러나 친구는 약속시간이 다 되었는데도 나타 나지 않았고 그 남자는 시간을 때우기 위해 카페 안을 둘러보다 마주보고 앉아 있던 한 여자를 보게 되었다.

그 여자도 약속을 한 사람이 아직 나오지 않았는지 초조하게 앉아 있었다.

그런데 슬쩍 본 그 아가씨가 너무 미인이여서 그 남자는 마음을 정하고 곧장 작업(?)에 들어갔다.

그 남잔 그 여자가 보길 바라면서 아주 멋지게 담배를 물고 마치 영화의 주인공처럼 불을 붙이고 코로 연기를 내 뿜었다.

"후훗~ 아마 내게 반했겠지."

남자는 속으로 그렇게 생각하며 그 여자를 보았다. 그러자 여자
는 한손으로 입을 가리고는 살짝 미소를 띠우며 고개를 숙였다.

"아니, 이 정도에 벌써…"

잠시 후, 그녀가 고개를 드는 순간 남자는 다시 한 번 담배연기를
코로 후~~욱 내뿜었다.

그러자 이번엔 여자가 갑자기 배를 부여잡고 아까보다 더욱 크게 웃는 것이 아닌가?

"아니, 저 여자가 왜 저러나. 너무 쉽잖아!"

남자는 이번엔 완전히 작업을 마무리 할 속셈으로 다시 한번 코로 담배연기를 내뿜었다. 이제는 도저히 참을 수 없다는 듯 이 여자가 박장대소를 하는 것이었다.

'웃어? 이게 아닌데, 멋있어야 하는데.'
여자의 태도에 열 받은 남자는 씩씩거리면서 고민을 하고 있었다.

바로 그때 남자의 친구가 벙찐 표정을 하고 들어오면서 이렇게 말했다.

"얌마. 너 코감기 걸렸냐? 왜 담배연기가 한쪽으로…"

할머니와 손자

어느 날 할머니께서 손자가 충치 때문에 아팠다는 소식을 듣고
손자에게 전화를 했다.

할머니 : "우리 이쁜 손자 어제 이가 아팠다면서. 이제 아프지 않고 괜찮은 거야?"

손자 : "몰라요 할머니."

할머니 : "왜 몰라? 지금 이가 아픈지 안 아픈지 네가 잘 알 것 아니냐?"

토미 : "지금 난 몰라요, 그 이는 치과의사가 가지고 갔는 걸요."

침대 다리

어느 날 한 남자가 너무 괴롭다며 정신과 의사를 찾아 왔다. 그 남자는 의사를 보자마자 이렇게 이야기 하는 거였다.

"집에 들어가서 잠자리에 들면 침대 밑에 누군가 있다는 생각이 듭니다. 그래서 침대 밑으로 가보면 또 침대 위에 누군가가 있는거 같고요. 이제는 그 생각 때문에 잠도 못자고 미칠 지경입니다."

라며 하소연했다.

그랬더니 의사가

"증상을 봐서는 저에게 2년 동안 치료 받아야겠군요. 매주 세 번씩 꼭 오시도록 하세요."

라고 말했다.

남자 : "그럼 치료비는 얼마인데요?"

의사 : "한 번 진료할 때마다 200달러입니다."

"생각보다 비싸네요. 생각해 보고 연락드릴게요."
라고 말하고 다시는 병원을 찾지 않았다.

6개월이 지난 어느 날 거리에서 우연히 그 의사와 마주치게 되었다.

의사 : "왜 다시 병원에 오지 않으셨어요?"

남자 : "매번 200달러씩 들어간다면서요? 그래서…. 근데 지금은 다 낳았어요. 제가 아는 바텐더가 10달러에 고쳐줬거든요."

의사 : "어떻게요?"

라며 의아해 했다.

그랬더니 그 남자가 말하길

"침대 다리를 없애버리라더군요."

유쾌하게 대화하는 방법
제1탄

- 따져서 이길 수는 없다.
- 사랑이라는 이름으로도 잔소리는 용서가 안 된다.
- 좋은 말만 한다고 해서 좋은 사람이라고 평가받는 것은 아니다.
- 말에는 자기 최면 효과가 있다.
- 상대편은 내가 아니므로 나처럼 되라고 말하지 마라.
- 설명이 부족한 것 같을 때쯤 해서 말을 멈춰라.
- 앞에서 할 수 없는 말은 뒤에서도 하지 마라.
- 농담이라고 해서 다 용서되는 것은 아니다.
- 표정의 파워를 놓치지 마라.
- 적당할 때 말을 끊으면 다 잃지는 않는다.
- 사소한 변화에 찬사를 보내면 큰 것을 얻는다.
- 말은 하기 쉽게 하지 말고 알아듣기 쉽게 해라.

유쾌하게 대화하는 방법
제1탄

- 악수는 또 하나의 언어다.
- 대화의 시작은 호칭부터다.
- 첫 한 마디에 정성이 담겨 있어야 한다.
- 험담에는 발이 달렸다.
- 흥분한 목소리보다 낮은 목소리가 위력 있다.
- 단어 하나 차이가 남극과 북극 차이가 된다.
- 눈으로 말하면 사랑을 얻는다.
- 말은 가슴에 대고 해라.
- 넘겨짚으면 듣는 사람 마음의 빗장이 잠긴다.
- 말투는 내용을 담는 그릇이다.
- 내 말 한 마디에 누군가의 인생이 바뀌기도 한다.
- 진짜 비밀은 차라리 개에게 털어놓아라.